AF360114

16/17 Novembre 1906

Vente après Décès
du 16 et 17 Novembre 1906
HOTEL DROUOT
Salle N⁰ 1

Tableaux Modernes

BRONZES

MARBRES - ÉMAUX

MEUBLES

COMMISSAIRE-PRISEUR

Mᵉ ANDRÉ COUTURIER
Succʳ de Mᵉ Léon TUAL

EXPERTS

MM. J. CHAINE & SIMONSON

I. Schiller, Imprimeur
15, Faubourg Montmartre, Paris

CATALOGUE

DES

Tableaux Modernes

ŒUVRES DE

COROT = COURBET

et Autres

ET NOTICE DES

BRONZES — MARBRES — ÉMAUX

ARGENTERIE — BIJOUX

LINGE — TAPISSERIE — MEUBLES

DONT LA VENTE PAR SUITE DE DÉCÈS ET EN VERTU D'ORDONNANCE
AURA LIEU

HOTEL DROUOT — Salle N° 1

Les Vendredi 16 et Samedi 17 Novembre 1906, à 2 heures

PAR LE MINISTÈRE DE

Me ANDRÉ COUTURIER, COMMISSAIRE-PRISEUR, Succr de Me Léon TUAL
56, Rue de la Victoire

assisté pour les Tableaux de

MM. J. CHAINE & SIMONSON, EXPERTS
19, Rue Caumartin

Exposition Publique, le Jeudi 15 Novembre 1906
DE 1 H. 1/2 A 5 H. 1/2

CONDITIONS DE LA VENTE

———

Elle sera faite au comptant.

Les acquéreurs paieront *dix pour cent* en sus des prix d'adjudication.

L'exposition mettant le public à même de se rendre compte de l'état et de la nature des objets, aucune réclamation ne sera admise une fois l'adjudication prononcée.

———

NOTA. — Les tableaux seront vendus le Vendredi 16 Novembre, à 3 heures.

TABLEAUX

APPIAN

1. — Le Grand Canal à Venise.

Signé à gauche.
Daté 1877.

Toille : Hauteur 1m. — Largeur 1m56.

COROT (C.)

2. — Les Brumes du Matin.

Signé à droite.

Toile : Hauteur 25 cent. 1/2. — Largeur 38 cent. 1/2.

COROT (C.)

3. — Une ferme aux environs d'Orsay.

Signé à droite.

Hauteur 41 cent. — Largeur 49 cent.

COURBET (G.)

4. — La Plage.

Signé à gauche.

Toile : Hauteur 55 cent. — Largeur 65 cent.

COURBET (G.)

5. — Un Ruisseau rocailleux aux environs d'Ornans.

Signé à gauche.

Toile : Hauteur 58 cent. — Largeur 78 cent.

DUFEU

6. — Paysage.

Signé à droite.

Bois : Hauteur 36 cent — Largeur 46 cent.

ECOLE ITALIENNE

7. — La Bataille de Constantin.

D'après Raphaël.
Salle des Constantin au Vatican.

Toile : Hauteur 92 cent. — Largeur 2m66.

ECOLE ITALIENNE

8. — La Présentation du Christ aux Mages.

Toile : Hauteur 1m21. — Largeur 94 cent.

GIBBON

9. — Troupeau de Bœufs à l'Abreuvoir.

Signé à droite.

Toile : Hauteur 40 cent. — Largeur 82 cent.

GIRAUD (Ch.)

1ó. — Pivoines et Tulipes.

Signé à gauche.

Toile : Hauteur 57 cent. — Largeur 59 cent.

GIRAUD (Ch.)

11. — Poissons de Mer.

Signé à droite.

Hauteur 56 cent. — Largeur 59 cent.

GIRAUD (Ch.)

12. — Gibier.

Signé à gauche.

Toile : Hauteur 56 cent. — Largeur 59 cent.

13. — Nature morte.

Signé à gauche.

Toile : Hauteur 56 cent. — Largeur 59 cent.

GRAILLY

14. — Paysage en Hollande.

Signé à droite.

Bois : Hauteur 29 cent. — Largeur 39 cent.

INCONNU

*15. — Massif d'Arbres près d'une Mare
en plaine ; Effet d'Automne.*

Porte à tort, la signature de N. Diaz.

Bois : Hauteur 37 cent. — Largeur 50 cent.

16. — Paysage.

Peinture sur verre.

J. VAN-IMSCHOOT

17. — Soldat de la Révolution.

Signé à droite.

Bois : Hauteur 17 cent. — Largeur 23 cent.

PÉCRUS (C.)

18. — La Leçon de Musique.

Signé à droite.

Bois : Hauteur 43 cent. — Largeur 35 cent.

19. — La Leçon de Dessin.

Signé à droite.
Daté 1859.

Bois : Hauteur 27 cent. — Largeur 20 cent.

ROQUEPLAN (C.)

20. — Le Duo champêtre.

Signature illisible.

Toile : Hauteur 46 cent. - Largeur 38 cent.

SEBILLEAU

21. — Le Matin à Fréjus (Var).

Signé à droite.

Toile : Hauteur 1m55. — Largeur 2m08

22. — Landes à l'Amélie, près Soulac (Gironde).

Signé à gauche.

Hauteur 1m15. — Largeur 2m10.

TAYMANS (L.)

23. — La Tireuse de Cartes.

Signé à gauche.

Bois : Hauteur 63 cent. — Largeur 48 cent.

VERDEVOYE

24. — Un Coin d'Atelier.

Signé à gauche.

Toile : Hauteur 73 cent. — Largeur 92 cent.

25. — Nature morte.

Signé à droite.

Toile : Hauteur 46 cent. — Largeur 57 cent.

VERLAT (Ch.)

26. — Le Lièvre forcé.

Signé à gauche.

Bois : Hauteur 18 cent. — Largeur 22 cent.

VERNET (attribué à)

27. — *Sujet épisodique.*

Esquisse.

Toile : Hauteur 33 cent. — Largeur 49 cent.

VERNET-CARLE (d'après)

28. — *Cheval en liberté.*

Lithographie de Delpech.

H. C.

29. — *Paysage, bords de rivière.*

Signé à gauche : H. C.

Bois : Hauteur 33 cent. — Largeur 37 cent.

30. — Sous ce numéro : *Les Gravures, Photographies, etc.*

BRONZES

EMAUX CLOISONNÉS, MARBRES

& OBJETS DIVERS

Pendule Empire, bronze et marbre noir.

Pendule même époque, marbre et bronze ciselé
et doré.

Cartel Renaissance en bronze (Maison Barbedienne).

Beau Lampadaire bronze, avec installation
électrique (Maison Barbedienne).

Vases en émail cloisonné de la Chine.

Vasques, Potiches, Bronzes.

Beau Coffret incrustations (travail italien).

Objets de Vitrine et d'Etagère.

Marbres.

TAPISSERIES

Deux Tapisseries anciennes de Bruxelles, décors
à grands personnages.

ARGENTERIE

Cafetière, Théière, Pot à crème, Couverts
de Table, Couteaux, etc.

VAISSELLE & VERRERIE

Services de Table et à Dessert en porcelaine
décorée, Porcelaines diverses.

Service de Table cristal.

Linge de corps et de ménage, Garde-Robe
de femme.

MEUBLES

ANCIENS & MODERNES

Beau meuble de chambre à coucher en palissandre ciré.

Commode marqueterie Louis XV.

Armoires Normandes.

Armoire à glace à trois faces.

Armoire à glace palissandre ciré.

Banquette d'antichambre.

Petite Commode marqueterie de bois.

Meuble de Salle à Manger noyer sculpté.

Grand Portique, bois sculpté, avec panneaux
en glace.

Meuble-Vitrine, bois noir, inscrusté d'ivoire.

Deux Fauteuils style Louis XIII.

Commode Louis XIV, marqueterie de bois.

Commode Louis XVI.

Meuble de Salon, bois sculpté, Louis XVI,
recouvert en tapisserie à la main.

Commode marqueterie de bois.

Commode de poupée, Louis XV.

Meubles et Objets divers.